未竟在人心之中，即是究竟。

目錄

林炎霖
Lin Yen-Lin

未竟之美

序

寂靜中的未竟之美

初次接觸炎霖老師的作品時，我感受到一股特別的力量，那是一種混合著「侘寂」和「未竟之美」的美學感知。「侘寂」是一種不完美的完美，由時間和自然的力量雕塑出來；而「未竟之美」則是炎霖老師對於人生美感的體悟，即坦然接受不完美，並在每個瞬間都追求美的極致。

書中，炎霖老師毫無保留地分享了他成長的記憶、人生的掙扎與陶藝創作的歷程。他從嘉義的半山土房中開始了對美的追尋，經歷了「侘寂」美學的洗禮，並以「未竟之美」作為自己的信仰。這種信仰使他能夠在每一個人生的階段都保持初心，不斷追求美的本質。

「寂靜中的未竟之美」不只是書名，更是炎霖老師的人生哲學。無論是侘寂的孤寂、歲月的無常，還是人生的痛苦與掙扎，他都以一顆平靜的心去接受與欣賞。在他看來，每一個不完美的狀態都是值得珍惜的，而每一個瞬間的努力都是人生最美的時刻。

在這本書裡，你會發現一個充滿智慧的炎霖老師。他不只是陶藝家，更是一位人生的藝術家，用心靈與雙手打造出屬於他自己的美學世界。無論你是一位藝術愛好者，還是一位正在尋找人生方向的旅者，都能在這本書中找到啟發和共鳴。

希望讀者能在這本書中找到自己的「未竟之美」，並以平靜之心面對人生的起伏和挑戰。

野獸藝術　總監　Eric Chen 2024/5/8

序

一場千年前約定的邂逅：當「侘寂」遇到「未竟之美」

品茶　品人生
唯拿起與放下

人生如茶
茶苦　水淡　唯茶與水交融
方釋放出淡淡的　清香與甘甜的滋味

初次邂逅
茶葉　飄浮水面

下水方知其味

淺泡　略嫌無味
浸泡　又覺苦味
沉浮之間　自己體會

無論再忙
請給自己喝一杯茶的時間　與自己好好的相處

細細品味
人生甘甜的箇中滋味
讓茶與水得以相遇，是偶然也是必然！

我喜歡「侘寂」美學 - 不完美的完美；集天地人三才及時間的雕塑師，以風吹、日曬、雨淋的無形刀，刻劃自然印記，隨歲月消融洗鍊，享受「山中無歲月，寒盡不知年」的孤獨歷程，直指本心，成就至真、至善、至美「The Moment」的作品。它的存在「Being」，是要喚醒人類珍惜與善待身邊存在「Being」的人事物。或許，滿頭白髮、滿臉皺紋的智慧老人，最能表達「侘寂」之美。

與炎霖老師相識是在自己與好友們創業的威毅公司於紅樹林的默墨空間，雖然是君子之交淡如水，惟總覺得特別投緣，真正熟識知心是在淡水生活藝術空間 he&she space。可能是我兩有許多相似的人生經歷，鄉下長大的小孩，也都曾經歷家境起起落落，對於美學也有自己的看法及堅持。

第一次聽炎霖老師分享對美的體會 -「未竟之美」：每個階段都是最美的，也因未臻完美，再繼續向前。內心由衷的佩服，因為「勇於接受當下盡最大努力的自己，及當下最美Moment」，是「知止、知足」，更是拿得起放得下的美學，在鼓勵追求竟善竟美的世代更是豁達！

未竟即究竟，放下即自在，是大般若的智慧。常言道：長得漂亮是優勢，活得精采是本事。回想起在民國一百年，和江建平師兄兩人花了近七十天遊西藏、尼泊爾及印度行腳之旅，是一趟有目的地卻沒有目的的旅程，只知道一直往前走，給自己一趟放逐的行旅。炎霖老師三十八歲時，體悟「此生與富貴無緣」，決心任性做自己一次，重新歸零。依著真正的本心，做自己一直想做卻不敢去做的事，開啟甘做平凡人的不平凡人生。

有幸獲邀為此散冊寫小序，炎霖老師的作品，交織於形，仙風道骨，賦美於物，刻畫己悟，兩道劍山矗立一張紙，重新否定，又重新出發，坦然接受當下竭盡所能完

成的狀態 - 未竟之美，有蘇東坡「竹杖芒鞋輕勝馬，誰怕，一簑煙雨任平生」的豪情壯志。品讀的過程，體會工作繁忙之餘，能於幾日的半日清閒，用一老壺，泡一壺老茶，靜靜品讀，細細品味，於空白處記下瞬間心得的 moment，是滋養、是平靜、更是幸福。

無始、無終是謂「無限」，這是一本還「本來面目」的小散冊，但其重量卻是一本巨作，值得您我一起細細品味，它提醒每天汲汲辛勤工作的我們：「無論再怎麼忙碌，請不要忘記給自己喝一杯茶的時間」，因為那是您真正活著最美的時刻！

宏盛建設 總經理
威毅建築團隊 主持人
陸永富 2024/5/3

序

「未竟之美－寂然的人生美感」

一次的機會在淡水與炎霖認識，不久後，因小美工作室的需要，我們開啟了合作關係。

在合作的過程中，我們聊彼此的創作哲學以及各自的生命態度，竟覺得是如此契合與彼此認同－「面對人生，不完美的完美」、「凡事盡力後的淡然處之」－直指我心。

藝術家最難的，往往是面對自己以及自覺（覺醒），知道自己所處的位置。如何超越自己與面對未來的藝術生命，如何在每個選擇上忠於自己、忠於藝術，不昧於流俗，勇往直前，是每一個在藝術道路上追求卓越的藝術家時常苦思的。

我很幸運，在藝術道路上，有炎霖相伴，相互勉勵，忠於自己、忠於藝術。帶著這份彼此欣賞與理解的情誼，我們在藝術路上，各自努力，也偶而有一起合作的機會。

知道這次炎霖即將分享他在陶藝創作上的點點滴滴，心中無比的興奮，優秀值得被看見。「寂然的人生美感」是我第一次與炎霖合作時他的講題，「常寂」仍然遊蕩在腦海中。感謝炎霖開啟了我的人生智慧，也祝福炎霖的書籍分享能夠得到大家的共鳴。

新美學整合行銷　總監　王甄羚　2023/12/16

前言

能依本心否？

自從女兒出生以來，堅持不假手他人全由自己親手照顧，剛出生的小孩基本上和動物並無二致，只需要注意冷暖、清潔、餵食與安全……等等生理上的需求，其他便是睡眠與長大這兩件事了。

回頭看時間總是飛快，語樂轉眼已一歲又兩個月了，從六個月起，看著她會爬、會站、開始吃粥、講著嬰兒語……，似乎感覺到已經不再只是生物本能使然，語樂長大了！滿一歲之後，更是明顯感受到她的喜好、生氣、傷心，已經有了明確的意識、與人簡單溝通的能力，每天餵她吃飯時，放著音樂或電視，看著她純真的眼神，時而開心而歡笑、時而放空看著窗外、時而難吃勉強而哭泣，在小運動場裡也會要大人陪著玩她的玩具。

這種種的一切看在眼裡，其實百味雜陳，雖然很開心她平安漸漸長大了，是個幸福的小孩，但也同時看著她心裡慢慢有了屬於她的我識與我執，她，開始真正的進入這個世界了，我，心裡卻是感傷。

必然的，她接下來會逐漸被潛移默化成這個社會的樣子，我不知道她未來會有什麼因緣際會、也不知道她遇到抉擇時會不會依著本心而行，更不知道她將來會過得好或不好、快樂或不快樂……，想著想著、看她仍然天真的模樣，不禁眼眶泛淚，好難啊，真的好難。

深秋的味道

昨日一早，送女兒去臨托保姆處，便和妻子一路輕軌、北捷、機捷到林口長庚看診，是的，我生病了，最嚴重時，血液裡幾乎驗不出血小板的存在。

行至紅樹林站、月台上等待轉車，深秋微刺的寒風在鼻尖與臉頰上輕撲，剎時傳來一陣遙遠卻熟悉的味道，竟然是京都阪急電車上的氣味，瞬間思緒萬千，回想起過往的種種經歷。

唉！本應難得此世人身之用、卻是人生如此困難，世事滄桑、福禍相倚，卻也還是得跌跌撞撞、縫縫補補地走過。我想，或許人生的本質就像是一條苦瓜、千般苦澀中一絲甘甜。

常寂

常：沒有生滅，

寂：沒有煩惱。

三十八歲的自己，終於願意放下汲汲營營的追求，告訴自己：「此生與富貴無緣」，而後潛心作陶。當時的我不知道未來會如何？出生之時我們純真、直接、無知，漸漸懂事以來，被社會教化成二元思維，好與壞、是與非、得與失、成與敗……等等，但這次我只想任性一次、依著真正的本心、不求回報與利益，做自己一直想做而沒能勇敢去做的事。

擺脫了世俗的評價方式之後，終於得以去除心中過多的雜念，慢慢見到了內心那盞幽幽微光、更也讓如漩渦般的煩擾逐漸平息下來，或許那一年的秋天，在永觀堂、在常寂光寺、在如夢似幻的紅葉碎影之下，瞬間那如箭穿心的糾心之痛，是十年前的自己就想告訴我的事吧。

月光寶盒

昨日燒窯，淡水陰雨相間，升溫半順。夜半，地面映落一片疏影，月光與窯火輝照。一時之間，思緒遠揚，相同的月光是否也如同現在一般，照耀著千百年前的陶人？而千百年前的陶人又是否也思考著現在相同的問題？或許，在明月光下，時間是不存在的吧？

記得大學畢業二十二歲那年，每個台灣男人都必須入伍服義務兵役，當時役期兩年。在那個正在改變的年代，雖然國防部高層三申五令，然令不及基層，軍中還是有不當管教發生，新兵寢室夜裡難免聽見啜泣之聲，身體的疲累與心理的壓力，躺上大通鋪的雙層鋁床，很快的便在幽幽細聲中睡去後，那時經常在夢裡看見自己已經退伍、正回想著現在初入伍的自己。然而，可笑的是，若干年後早已進入社會工作十幾年的我，竟然也常夢見自己還在軍中，正苦惱著不知道何時才能退伍。

有時候真的分不清自己現在的生活到底是夢還是真？時間在生命之中穿梭，看似一去不返，但卻又常常在夜深人靜、獨自一人之時，在天色如水、月光如絲、風葉如波的天地之間，回到了過往的時空，而且是那麼的真實。

大哉心乎

一、美的啟始：半山土房中

四十八歲這一年，和一位曾經交惡而二十年不相往來的學長再次見面，我們不約而同地伸手相握，這麼多年了，我倆似乎都懂了，過往已不再重要。我說他還是那個愛賺錢的年輕樣子，而他說我依舊是那個二十歲時說著要回鄉種田的男孩……。

成長的記憶

年幼時的寒暑，總會有些日子回到外婆家生活，山裡的晨昏，空氣中總是帶著神秘的通透感，張眼望去似乎每個物件都帶著晶瑩。

時值1980年代初期，已經搬往市區漸漸進入現代化生活的我，回到山區鄉下總是新奇有趣。清晨天矇矇亮時，便會聞到炊煙香氣，洗漱後趕忙跑到左側的廚房，這可是難得光明正大可以玩火的時候，在昏暗的燈光下，看著灶爐裡火光燦爛，這裡的一切雖然是那麼地簡陋而陳舊，但卻是一輩子難忘的畫面。

早餐之後，踏著拖鞋在山澗與作物間奔跑，零食尚不普遍的童年時期，喜歡在山林裡找尋野生漿果，有的稀少而甜美、有的常見但草腥味中夾著甘澀、當然最期待的還是隨著四季流轉而成熟的果樹，盼著老宅週邊幾株紅肉李、桃子、荔枝、龍眼、柚子、柳丁、橘子，便是過完一個年了。

現在回想起來，雖然山上時節總是更迭如常，萬物也日復一日生息替換，但卻反而有「山中無甲子，寒盡不知年」的離世之感，也許年幼時期與其說喜歡鄉野生活，不如說更多的是喜歡這樣的「空寂感」吧。

擁有的反思

童年時期的鄉下，環境尚未受到過度的開發與農藥濫用，還是有著許多的生物，溪蝦與流沙、水圳與毒蛇、果樹與天牛、地洞與蟋蟀、家禽與忠犬……。

「擁有」這個人類最原始的欲望，便投射在這些小生物之上，在野外看到的一切，都想將牠們帶回家，於是有好一段日子我樂衷於捕抓各式各樣的小動物，家裡的牆角漸漸堆滿了一盒盒、一籠籠的「收藏品」，有小蝌蚪、小魚蝦、雞母蟲、獨角仙、蝸牛、螢火蟲、小雛鳥、螳螂、剪刀蟲、甚至是松鼠……。一開始擁有了這些，心裡甚是滿足，每天張羅著牠們的食物、清理牠們的生活環境、更換維生的水缸，如此的花費時間照料，但牠們卻還是很快的陸續死去。

我思考著如果他們仍然生活在野外，是不是會活得更好更久？是不是「擁有」並不是真的把它握在手裡……？更認知到「擁有」也同時承擔了責任、而這個責任是需要更多條件支持的、是不是自己的能力足以達到的？

土房飛絮

據聞曾曾祖父是當地的富人，但漢人死後分配土地繼承予子嗣的傳統，使得財產不斷地稀釋，到了外公、外婆這一代已只剩一畝三分地了，務農的他們、並不富裕。

所以，外婆家的房子是傳統的編竹夾泥牆、「笓仔壁」，土房的白灰因年久剝落而露出了泥土與竹籬結構，一小處甚至附生了雜草與蒲公英，這原應是令人厭惡的現象，但卻在某個夕陽斜下的時空之中，蒲公英的花絮顯露著光芒、隨風向天際飛揚而去。好美！雖只是簡單的鄉下景色、雖只是早已破落的家道，但卻打開了我心中美的感知。

然而土牆在風雨、野草的侵蝕之下，很快地便穿透了洞，而這個側間也漸漸傾倒，絕美的瞬間不再，似乎無論任何的事物，一切在無常之中是那麼的珍貴卻又是那麼微不足道。

竹花盛開

盛夏，滿山的蟬鳴，兄弟倆每年都會在竹林裡採摘粗細適中的竹子，用來製作空氣槍玩耍，那年，向來常年翠綠的竹子，竟在一夜之間掉光了竹葉、並開滿了如穗一般的竹花。

是的，那一年，我遇到了難得一見的竹花盛開，它是數十年一次的輪迴，竹林瞬間的死去、而後再次重生，生命在轉瞬間便變了樣子。同一個夏天，外公採摘龍眼從高樹上摔落、外婆噴灑橘子農藥時中毒，雙雙急症住院，雖不致命、卻也從此留下了病根，那一年我發現他們老了……，生命從來都不容易，也從來由不得人啊！

橙花香氣

山裡的冬天，尤其是嘉義，夜裡格外的寒冷，通常是農曆年節前後，在大節的歡愉氣氛裡，呼吸著冷冽空氣，反而是給我一種透明的感覺，沖淡了難得相聚的味道。耳邊交雜著親人間談論過去一年中的大事小事，期盼著來年的希望與理想……，聲音漸漸地淡去，在隆冬的料峭微風裡、帶來了陣陣橙花香氣，瞬間超越了當前的一景一物。眼界之外的美，更是深植人心。

多年之後的一個清晨，在細雨中來到窯場，經過一夜的烘窯，溫度仍有八十多度。正要重新點燃柴火，空氣中忽然傳來陣陣橙花香氣，思緒瞬間回到了三十多年前，那個隆冬下的橙花滿開與彎延小路上的外婆身影。

然尋遍了窯場，只聞花香不見花……。

一家五口

父親的家族世代在嘉義內埔山區務農，當兵前便娶了母親，隔年女兒出生，母親一邊拉拔小孩、一邊等待著父親的退伍，三年裡自然吃了不少苦。

退伍後的幾年，發生了好多事，最後父親與母親帶著後來出生的哥哥與我，離開了家鄉，一家五口、一台川崎機車、租屋在嘉義市郊名為灣橋的地方，除了務農，沒有任何一技之長的他們，便開始了夜市擺攤的日子，那時年幼的我，晚上便在貨品紙箱裡玩耍與休息中渡過。

漸大，小學時期，父親經常出外全台為著蘭花生意而打拼、母親與三個小孩每晚就在家庭代工的計數裡活著，只為了幾分幾角微薄收入，甚至有幾個除夕夜裡是只有我們母子女四人度過所謂的團圓夜。這六、七年的時間，讓我真正體會到貧窮的辛酸與人情冷暖。

蘭花之問

到了七歲，父親終於找到了他專長且有天份的領域：蘭花栽培。原有務農的經驗與過人的品種辨識能力，並在台灣經濟起飛的大時代下，人們皆隨著浪潮而起，富裕來得太快、太多人沒能做好準備。看著家裡每天來去的蘭花販子，在那個還有票據法的年代，千萬現金在眼前堆置，紙醉金迷……。

一盆蘭花，一千萬。這樣是對的嗎？

隨後的五、六年，我也過上了紈綺子弟的日子，而家裡日常景象也由冷清寡淡瞬間轉變成門庭若市，更是讓我感受到這些年來的巨大差異，錦上添花者眾、但鮮有雪中送炭之人呀！不過，因富有而帶來的快樂只是表象，商人的狡詐、朋友的虛偽、人身的安全、投資的圈套……，讓沒有準備好的富有只是曇花一現。甚至在某個颱風夜裡，頂樓溫室裡數百株蘭花被偷竊一空，前些年積攢的資產去了大半，也因此父親加入了射擊協會、合法購買了只在電影中才看得到的雙管獵槍，而住家也裝滿了各個角度的監視器與銀閃閃的白鐵窗、甚至連頂樓都完全罩住，那個時候我們常常戲稱自己的「家」就像是嘉義監獄分院……。在這浪頭上的幾年、經歷了這麼多風風雨雨之後，讓我思考著，也許，平凡才是幸福。而這也埋下後來經歷了北上二十年際遇之後，終於放下追逐的種子。

二、美的追尋

昏暗燈光下，覆蓋著濃黑炭素的紅磚廚房，柴火在灶裡微隱微現、橘色火光映照在人影晃動的牆面上……。

侘寂

日文 Wabi-Sabi 侘寂（わび さび），難以言喻的隱晦之美，本自存於內心深處，年輕的歲月裡，覺知卻不明白，多年來只是透過攝影去觀察、欣賞、拍攝、回味，這樣的美，總是在時間與空間中忽隱忽現、游離於眼界所及的細微、五感浸沐的溫觸，二十年來，或時有所思、或懷疑自己、甚至迷失於其中。

wabi 原意是指心理上的陰鬱、離群、寡淡，

sabi 是指狀態形式上的孤寂、凋零、清淒。

Wabi-Sabi 這樣的概念在十四世紀後逐漸演變成為了獲得更高層次精神生活的探尋方法、專注自然之美與對世事殘缺的接受。也就是說，Wabi-Sabi 同時觀注了內心的靈性探索與外在的美感判斷，在不斷地自我審問：人造、華麗、對稱、明亮、最終至追求完美是否為美？自然、流光、歲月、滄桑、最終到自我面對孤獨是否為美？所以，

Wabi-Sabi 是人們在追求「進步」後的回歸，回到千百年前以自然為基礎的生活樣態，在適度放下理性後重拾感性的審美觀，重視生活中的藝術感、藝術中的生活感。

侘寂的精神世界，它接受事物每個現下的事實，並充分理解身處在一個未完成的狀態，在這樣永不完成的歷程中，華麗與淒美、新生與殘滅、現在與過往、理性與感性，似乎後者都內含著更深層的意韻與美感。同時 Wabi-Sabi 在意義上與表現上似乎都更偏向以隱晦的方式呈現，如同禪宗「不立文字」的傳教法門，因為文字本身正是訊息傳遞上容易有意無意產生誤謬的重要因素。因此，幾乎沒有人能夠以簡單的文句完美說明 Wabi-Sabi 的內容，人們也更傾向讓它保有「難以言喻、難以界定、無有完成」的特殊性格。

表現在美學觀上，它注重簡單甚至清苦生活中自我的覺知、當下的、直面的、獨有的、缺憾的、不平衡的……、並接受稍縱即逝與非物質的精神提升。如此而後，自然環境中原本被認為理所當然或不被注意的細節，重新進入人們的眼簾並產生新的精神意義，一種更加通透純粹、浪漫雅緻的心靈之美。

也因為這樣的特質，侘寂成為東方美學的一個綜合載體，如留白的國畫、書帖塗劃修改的手稿、斑駁質樸的木構建築、風化剝落的泥塑佛像、簡陋幽暗的茶屋、甚至是道家、禪宗的哲學思考……等等，也因為這種種直觀的感受與難以言明量化的本質，使侘寂多了層神秘的面紗。

在生命觀點上，侘寂接受死亡的必然，與其抗拒無所抵抗之事，Wabi-Sabi 傾向觀察漸行漸遠的淒涼滄桑、撫觸老化軌跡的潤物無聲，於是讓人能夠更加理解「吾喪我」與「槁木死灰」的意境與生命歷程之美，甚至進一步思考「鼓盆而歌」的宇宙觀與平等觀。

侘寂的時空觀和禪宗有相當程度的雷同之處，看待事物的角度是動態的、非永恆不變的，萬物皆從空無而生，然後再向著空無而奔去，存在就有如連續的過程中、由無限個離散的當下堆疊而成，每個當下便是無常的展現，而這連續不斷的改變與得失，其實就是一種美。它告訴我們應該珍惜現有的一切，抱著「一期一會」的態度去面對人生的時時刻刻。其中「一期一會」意指人們的每個相聚與其時空環境，皆是獨一無二、再也無法完全複製的存在，我們應當抱持著最大的專注與珍惜、真誠地對待所有的人事物。

「謙遜而優雅地活著」、「活得像是一個人」、「姿態本身便是一種美」，是對侘寂深入思考與實踐的結果。誠實地接受自己的不能夠與不完美，讓看待世界的角度更加寬廣、思想也更加透徹明白，放棄那社會教化永無休止的競爭與比較，終於放過了自己也放過別人、接受生命必然終將結束，才真的知道努力於當下而後淡然的接受結果，不再於糾結與悔恨之中虛渡光陰，讓往後的一切都是如此的真誠、真正感受「活著」的意義。

成長歷程中對環境文化的觀察與思考：

唯以時間可得之物

在外婆家的生活，啟發了美的感知，國小時期來到嘉義市區、國中是一所連操場都沒有的窄小私立學校，不過校園中央卻是被阿里山鐵路穿過的兩行鐵軌，課堂上偶爾聽見火車緩緩經過的聲音，思緒也一同坐上了那車上老舊的木質座位，在斜斜的陽光下去了綠林、進了雲海、見了日本時期的伐木靈魂。高中則是日本時期的嘉義高中，也終於又再次看到美好的木造結構與紅磚建築，那裡的空氣有著文化的味道，總感到過去也有多少學子在此一起並肩學習，也真正理解了台灣的過去。

隨著年紀漸長與了解更多，總是發覺市區環境幾乎沒有美的樣子，反而處處散發著單一、俗艷與粗鄙，所以，國小時我喜歡繪畫，只畫出心中想要的樣子、高中時喜歡拍照，只拍進雜亂市容中少許的美好。

同樣的，一個社會的美學思維，更是需要很長時間的積累與進化，長到足以潛移默化一個世代、兩個世代、甚至是數百年，但這唯有時間才能換得之物，卻也是台灣歷史上的硬傷。

台灣的氣候、歷史、民族性

常態四季景色

台灣地處亞熱帶，沒有明顯的景貌變化，我們的眼界少有春天的繁花繽紛與凋零、難有金秋的層林盡染與肅殺、更沒有隆冬的大雪紛飛與寧靜，似乎生活在這樣氣候裡，讓人們漸漸失去了發現美與感嘆萬物的能力。

又復以 1970 年代，經濟起步時期、千篇一律的現代水泥建築與集合住宅，限縮了生活的空間，於是，我們的視野日益狹窄漸成只關心自己的房產內部、我們的心靈日漸乾枯成幾乎失去文字閱讀的習慣。不知不覺的，人們只忙著工作與賺錢，完全無暇於其他事物。

但也許，已經如此走過五十年的台灣社會，當初的水泥建築已經老化、只求溫飽的日子已經過去、只問讀書考試的教育已經改變，1970 年代以來兩個世代的累積與進步，現在台灣的價值觀念與審美也正在改變與反思。人生不是只有功利、一生懸命完成一件工作重新得到認同與推崇；美不再只是華麗或俗艷、更深層次的心理內涵與哲學觀漸獲重視。在我們的生活之中，即使小至牆縫中冒出的小草、人行道間的紅磚青苔、頭頂上台灣櫟樹的五彩花色，都正在告訴我們：美沒有不見，只要我們暫時慢下腳步、審視自己的內心。

移民、殖民文化、淺碟環境

淡水半山腰上，有著一座香火鼎盛的清水祖師廟，壁面石刻依稀可見原來刻寫著昭和十二年，卻被粗暴地以水泥覆蓋昭和二字，重新以醜陋的字體改寫上民國，於是後人便看到了「民國十二年」，原本的 1937 年就這樣成了錯誤的 1923 年。文化不但無法保留、更難以保真……。

台灣過去四百年來經歷了五個不同政權，每次的政權替換，不免清洗前朝而又再殖入不同文化。

1624 ~ 1662　荷蘭（台南）、西班牙（淡水）
1662 ~ 1683　明鄭
1683 ~ 1895　清國
1895 ~ 1945　日本

1949 ~ 1987 戒嚴台灣

1987 之後 民主台灣

我所居住的淡水就有聖多明哥城、大清淡水關稅務司官邸、日本警官宿舍……。這樣的不斷更迭，使得文化難以累積，再加以大量移民人口，各個領域都是淺碟現象。

身為在台灣所謂的閩南族群，也因為曾經父母的貧窮與大起大落，我發現了好多好多這個集團的文化現象……。

1980 年代的傳統農村文化自然是大男人主義與重男輕女，但我所眼見的卻經常是男不如女，一些所謂的「男主人」似乎總說的遠大於、多於做到的，在外好面子卻又沒主見、回到家裡又變成不容任何建言的權威，當時女性的地位卑微又只能默默操持一個家庭，卻反而表現出一種「為母則強」、台灣傳統女性強韌與堅毅的一面。平日裡也常會在大樹下聽著大人們閒聊，農村人們的言行交流似乎總是離不開吹噓著自己賺了多少錢、農作技術如何厲害、收成如何豐厚……等。但其實諷刺的是，幾乎每個人都心知肚明彼此說的話並不是事實，但卻還是能夠繼續地侃侃而談。在這環境裡，表面自大而內心自卑是普遍的現象；更讓人厭惡的是，當同村裡的什麼人落難困苦了，不但沒有幫忙之外、更多的盡是冷眼嘲笑；反之若什麼人成功了，心中羨慕卻說那人只是運氣好罷了……。

如此的文化環境，如何能進步？

這社會充滿了「貪」的氣息，人們貪愛錢財、貪生怕死、貪愛面子，使得放眼所及盡是軟土深掘、欺善怕惡、自大無知、沒有底線的荒謬行徑。多麼多麼期待台灣人的這一代、下一代能夠提昇心靈的修養，不再讓貪婪蒙蔽了一切。

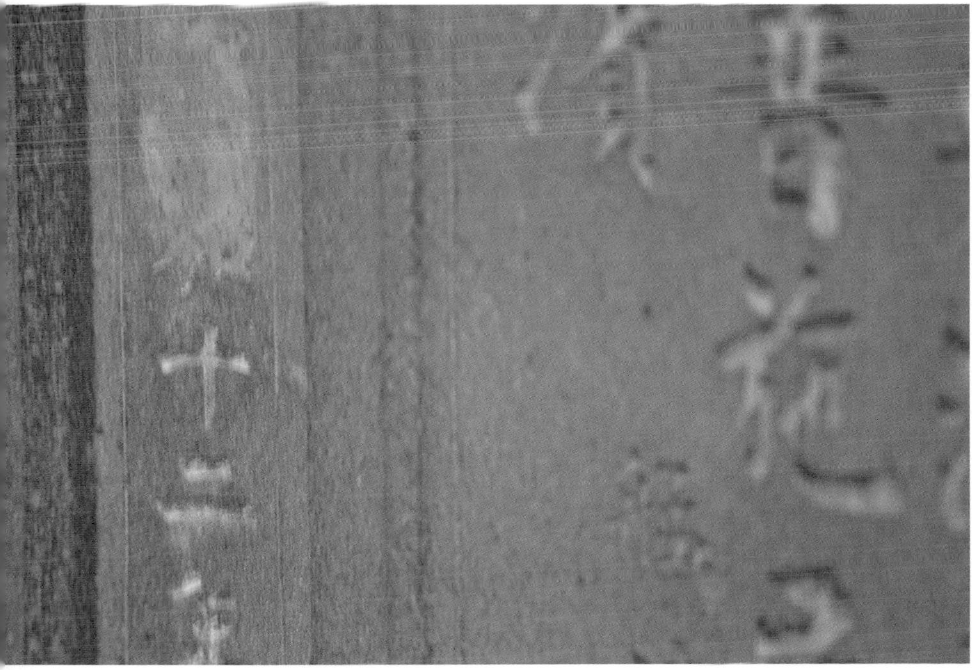

過度實用、功利主義

過去，外婆家埕院裡的正前方是一顆龍眼樹，平常可供乘涼，當季又可收成。

因為沒有文化底蘊的支撐，台灣自二戰以來，人們於困苦中追求脫離貧窮，中心思想唯有追求成功，而這裡的「成功」又幾乎等於賺大錢，如此急功近利的追求財富，便對於美的感知視而不見，甚至去破壞原有美的存在。

在傳統的農村，自私與功利讓整個務農文化目光如豆，最經常上演的戲碼是農路的修築，也許眼前每個農戶損失了幾十坪農地，但總是會有少數人哭天搶地演出一場生死大戲，只為了路可以佔了別人土地、自己的不行，卻看不到日後運輸的重大便利與成本。再其次，在我的成長過程中，農村的果園每個三、五年便會看到截然不同的果樹作物、進行著人為的「物種演替」，只要什麼水果價格正好，便一窩蜂地移除原本果樹、種植新的樹苗，幾年後這項水果價格就因產量過剩而崩跌，然後大家又再次去追種另一種果樹……，如此這般像進入了無窮迴圈，同時也就在這種循環與消磨之中，農民愈來愈窮，「無三日好光景」，成了所有人的口頭禪、卻沒有人深入思考真正的原因。

同樣的情形，在這樣的大環境與故有思維之下，台灣早期藉由低廉的成本、代工的產業、追求性價比而快速成長，完成了脫貧與經濟起飛，然而卻也因為如出一轍的代工思維與過度重視短期效益，致使產業轉型困難、二十多年來經濟停滯、產業外移……，父執輩所逢其盛的「台灣錢淹腳目」時機不再，而台灣人慣稱的六年級生這一輩（民國六十年代出生），似乎成了最期待卻也最失落的一代。

但現在，終於庭院裡的，是石庭、苔蘚、櫻花。

台灣的傳統信仰

愈是鎮日參佛唸經之人，卻往往愈是執著之人。

大約十歲時，祖父已然病重長期住院，在那個沒有健保的年代，為了節省開支，子媳及稍大的孫子會輪流到病房照顧。那最後的幾個月裡，祖父常常夢見鬼差夜裡來毒打他，醒來時喊著說：「直接把我帶走就好，何必要這樣呢？」，顯然祖父已不久於人世了。幾日後的某個下午，我又在病房照顧已經昏迷的祖父，其間看到叔叔的妻子帶著一小疊文件前來，拉起祖父那插滿了管子和點滴的手臂，一張張按壓了他的指印，我知道這是財產的轉移文件，我也只是靜靜地看著沒有說話，因為我看到了她的臉上充滿了罪感和深深的無奈，她大概是被逼著來的。

我想，人也許就是這樣不斷不斷地被推向地獄的吧！

祖父去逝，在叔叔家布置了靈堂，接下來是繁文褥節的傳統信仰儀式，守靈、折蓮花、祭拜、孝男孝女之外，每七天一次的「做七儀式」、連續七次，這樣四十九天下來，與其說是「信仰」倒不如說是殯葬業者的商業模式與喪家的心理現象。雖然我不知道什麼樣子是殯葬的「專業」，但從其人員的服裝與儀軌的執行顯然是不講究與不熟稔的，過程中更處處充滿商業氣息、也就是需要大大小小的額外「紅包」，似乎眼裡只有錢，完全感受不到對人（不論是逝世或在世）的尊重。

那陣子幾乎不用上學的時間就需要去幫忙或參與「做七」儀式，我不知道祖父有沒有回來過，但卻隱約感受到人的心理狀態，唸再多的經、折再多的蓮花、舉行再多的儀式……，對亡者有沒有幫助不得而知，但對在世的人是「獲得更多的心安」、「贏得更多的面子」、「交換往後生命的更多利益」。

親人去逝後安穩在世人的心，平靜面對並接受生老病死的必然，這是前人給後輩的最後教誨，應該也是每個人最重要的人生課題，或許「無有恐怖」不只是一時的安慰、更是自我生命的理解和準備。然而我卻只看到，用錢找來的「孝男」、「孝女」哭得愈悲傷愈大聲讓鄰里皆知，儀式場面辦得愈盛大來彰顯家族財力，這樣所謂的「面子」我不但感受不到，甚至反而覺得丟臉。人死之後付出了這麼多金錢與祭拜儀式，以祈求往後的回報，若「拜拜」、「宗教」只是為了和所祭拜對象的利益交換，這真的是一種信仰與虔誠嗎？

我想，人也許就是這樣不斷不斷地走向地獄的吧！

北上的二十年

幾乎將近二十年的每個夜晚，一直重複夢見自己用盡雙腳的力量，不斷地奔爬一座漆黑的大山，明明現實生活中是可以健步如飛的、但在夢中卻是既酸又疼地只能緩步向上，整晚的夢境中居然只踏出了兩、三步，同時也因過度的用力導致不自覺的閉氣、呼吸中止而醒來……。

三十八歲之前的補教人生，最極限的幾年，工作時間是朝八晚九、週休零日，在一整天上台講課的最後一段課，經常疲憊得感到腦袋已經分離了身體，但嘴巴卻仍然不斷地講授著相同的課程內容、卻還不時要說說笑話提振學生的精神。

課堂之間，補教老師最大的禁忌就是遲到，因為學生動輒五十上百人就座，老師沒到、很是尷尬，所以常常戲稱自己「不是在上課，就是在上課的途中」，已不記得多少次的塞車時刻，內心的煎熬與壓力，竟然不斷不斷的告訴自己，已經又接近目標一公尺又一公尺了……。

各公司行業大概都是一年打一次考績，而補教老師的考績是每一次的段考、外加每學期的學生留班，這麼一年算下來大概有七、八次吧！時時刻刻都處在高壓之下，長久以來實是不勝負荷。而且這近十年來少子化、教育觀念的逐漸改變、政府法令不斷加嚴，補教行業早已是大不如前，也就只能更努力的去填滿所有時間。然而，即使在這樣的燃燒生命之下，也就是一月二十萬的收入。

最後，補教業除了是商業之外，也算是半個表演業吧！教學內容易懂、課堂趣味好笑、學生向心力強是老師的基本功，但也漸漸形成一股「虛華」的流氣，這樣的職場文化環境也漸漸讓我愈走愈累。

所以，我喜歡去京都。我有本那個期間的舊護照，內頁貼滿了日本關西機場的入境單，只要有連續假期三天以上、或學生段考的空檔，我會躲在京都與大阪，即便是沒有任何目的。

我喜歡京都的寧靜感、時間感與空靈感，每次搭乘阪急電鐵，都會聞到那深入靈魂的空氣味道、走出京都河原町路面，聽著熟悉的紅綠燈聲響，然後靜靜地消失在人群裡，走進了各個名山大廟，只求片刻安寧、坐在千百年前的庭園之前，放下躁動與不安的心，我真的真的好累啊，其實，這樣的工作與生活，不是我想要的。

我，還能勉強多久呢……。

後來，身體果然出現了狀況，經常性的嘴破、而且是一次破了七、八個洞，實在痛得寢食難安，檢查之後是肝臟，兩個指數都到達三百多、且開始有了纖維化現象。

外物與內心的追尋

急步前進的人生，經常視而不見、或無暇停留，去看看自心的景況。

三十八歲時，我獨自一人、放慢腳步，重新思考生活的樣子。也許無法是永遠，但暫時先解掉理所當然卻又毫無道理的順序，明白並接受自己的心性，虛弱的快捉住心流中的浮木，喘一口氣，雖不能明心見性，但望能澄淨早已淤塞的生活，面對每天發生的人事物，平常心卻也同時保持著一期一會的態度。

終於，看到侘寂之美的一隅，游走在無有之間，總是帶著那麼一點缺憾，原來，不完美才是無盡之美，無時不刻在生滅中遞嬗，不就是自身所生所處世事萬物的樣貌，適度放下物質的執著、享樂，學習優雅、無滯礙的平凡生活，一花一木、一器一皿隨著時間，本質與歲月交織著清枯之美，時時提醒，懷抱著真誠、謙遜的心，看待各種事與物，美的一面。

摩托車三日環島

寫於四月四日凌晨，

明天一早就要出發了，一趟機車環島。有些瘋狂的三天一千二百公里的旅程，前兩天有朋友問說：你真的要去嗎？我說，這種事需要一種衝動，今天不去，或許以後就不會去了。

我知道，三天內幾乎都會只是在騎車趕路，更明白沿途不容許能有多所佇足去旅遊的餘裕，但至少能夠讓我只需注意前方的路途，這樣，或許可以讓我的心不再那麼糾結，就讓時間夾帶著白駒過隙般的光影不斷前進，或是偶爾能夠遇到什麼光景可以稍作歇息，坐下來喝口水放空自己。我清楚，這樣三天下來，回到台北，會累得不成人形，但是，但願，經過這趟旅程，我可以有所領悟，自己的人生。

寫於四月八日：

2014 年的 4 月 4 日到 4 月 6 日，在這三天完成了機車環島，也算是給自己一個記錄，沿途用手機地圖定位行經路線，得到了一張全台環繞路線圖，就好像一面勳章。

這樣一趟下來，使用普通 125cc 摩托車，油資共 1123 元，這三天 95 無鉛汽油的牌價是 35.2 元 / 公升，總計為 32 公升。第一天行程由淡水騎到嘉義，在台中因為特別要去亞洲大學，由台 1 線轉進台 3 線，多耗了不少時間與里程，這天騎了 400 公里，費時 05:00~16:00。第二天的時程因為第一天只到嘉義稍微不足、並且計劃要騎到台灣最南點，這天騎了 450 公里，費時 06:30~21:30。第三天由玉里北上回淡水，刻意騎北海岸環島經過台灣最北點，第三天騎了 400 公里，費時 06:30~17:30。全程里程共 1250 公里。

然而，到了最期待的東部路線，卻是下起了雨，最期待卻總也是最失落，或許這就是人生吧？

京都永觀堂　回首阿彌陀佛

那一年的秋天，身心已然掏空的我，漫無目的前往京都，走在哲學之道看著畫師工筆、仰望水路閣伴著南禪楷楓……，然後到了永觀堂，也許是奇妙的緣份吧，這天回首阿彌陀佛特別參拜開放，距離只有短短一臂之遙，靜靜地看著祂、熱淚盈眶，我感覺祂在叫喚著我。

瞬間，自幼家境的困苦與大起大落、感同身受的外婆悲涼一生、人情冷暖的點點滴滴、二十年來的奮力拼搏……，一幕幕畫面湧上心頭，人生到底是什麼啊？

離開永觀堂後，在附近走著走著迷失了方向，那天京都的陽光燦爛、眼前秋天的楓彩迷矇、在斑斑碎影之下、我看見了一塊巨石上刻寫著「塵劫記」三字，難道是祂的答案。

一切有為法，如夢幻泡影，
如露亦如電，應作如是觀。——金剛經

三、先行者

只有時間能讓我們漸漸明白自己是誰，但若真等到自己經歷了這一切，可能已是風中殘燭，最終回望人生，看到的是什麼……。

外婆的一生

劉杞　大正 10/07/29～民國 84/02/11

柳桂　大正 12/10/28～民國 99/12/22

寫於 2011/1/6

一個月內第二次回到嘉義，上次是回去探望高齡八十八突然重病的外婆，看到病房中，病重昏迷的外婆，偶爾會醒來個一、兩分鐘，看見我們來了，竟還哭著說：「係我沒路用，無法度留下啥米物件俟恁這幾個孫仔……」，我不禁躲在病房外暗自落淚，雖早知這兩三年來，外婆身體每況愈下，但仍是忍不住傷心。這次是回去送外婆最後一程，在守夜的最後一晚，回想自小對我們甚好的外婆，成長歲月中許多與外婆的回憶，是一位如此慈祥的長者。小時記憶中，總是期待看到外婆，也總是盼望著寒暑假，母親會讓我們三個小孩住到外婆家，到現在，我都還記得睡在那老家木床上，早晨時從窗櫺中斜落下的陽光，還有外婆獨特的灑鹽煎蛋，一切都是如此的清楚，歷歷在目。

外婆的大兒子在當兵時早逝，而在生命最後的十六年前，她失去了最疼愛的二兒子（我的舅舅），看著兩老頓失心靈依靠、撕心裂肺地幾度哭倒昏厥，白髮人送黑髮人的痛實在令人心疼。隔年，外公也在一個寒冬的早晨去逝，這一次，外婆坐在老土屋設置的靈堂角落，守著相伴一生丈夫的最後幾天，她沒有哭泣、也沒有表情、只有靜靜地坐上一整天，讓人看了不禁渾身雞皮疙瘩，似乎已經沒有什麼可以再悲傷的事了……。

我想，她知道今後真的只剩自己一個人了。

往後的十幾年，她不願、也不習慣到市區與母親同住，於是母親也就在市區與山上老家兩地之間生活，好照顧外婆；同時家住嘉義的大姊、大哥也常回去探望，陪陪她說說話，而住台北仍在補教人生中的我，只能過年期間回嘉義幾天。每一次去找外婆她總是忙進忙出，要做這做那的給我們吃，也很高興（外）孫子們回來看她，但我知道她心中最掛念的仍是那十年沒回來過的兩個（內）孫子。

終於，外婆最後出殯的前兩天，她長年掛心的所有孫子都回來了，我看到她是帶著淺淺微笑的，這麼多年來的，不管是誤會也好、或是心結也好……，都不重要了，出殯的這一天，雖心中難免哀傷，但有更多的是圓滿，外婆與在世的人們，或許終於都放下了……。

但是，看到了外婆如此悲苦的一生，真不禁感到困惑，何以人生之無奈與一路走來的意義啊？

人生的本質：人生就像是一條苦瓜

「如果你感受到痛苦，那麼，你還活著；如果你感受到他人的痛苦，那麼，你才是人。」——列夫．托爾斯泰

回想年幼時在外婆家的週邊，種植了各種的可食用植物，如絲瓜、金瓜（南瓜）、蔥、蒜、桃子、李子、柚子、龍眼、破布子……，當然也包括了苦瓜。外婆與母親都喜歡吃苦瓜，小孩子初嚐苦瓜自然是難以下嚥，心裡也是奇怪為什麼會喜歡吃這麼苦的食物呢？

外公外婆家主要農作物是橘子和柳丁，從開花到熟果便是一整年的付出，其間經歷了春夏秋冬四季，一年中的每個時點便看著兩老在山裡農忙，有時是除草、有時是施肥、噴灑農藥、又或處理水槽水圳……。沒有大事時，每天還是看著他們頂著烈日、

拿著鐵鑽與鐵鎚在果樹上又挖又敲，原來是在除蟲，經常看到挖出了天牛和鍬形蟲，外婆利落地兩手一轉便扭成了兩段，那時還覺得小生物可憐，直至若干年後只剩年老的外婆一人再也無力照料時，果樹一株株的因蟲蛀而死去，才知道當時兩老的辛苦與心情。

其中也曾幫忙過除草，方式是拿著鋤頭一邊鋤起草根、一邊先由左至右、再漸次往後移動，便可將整片雜草如地毯般捲起，除了相當勞力之外，炎熱與蚊蟲也是令人難耐，而一整個上午也就只能完成三、四顆果樹的範圍，真是望草興嘆！而這些工作都是永無止盡的，完成了田地這頭，另一頭雜草又長出來了。

這樣日復一日的辛勞付出，只期盼著年底的收成、同時也幾乎是一整年的全部收入，然而台灣每年夏秋的颱風季節，總難免會侵襲竹崎山區，曾經一段時期內、當地連年的颱風肆虐，每當強風過後、所有心血付諸東流，我看到了外婆獨自站在滿地落果的園子裡哭泣，至今我還是難以想像她的心情。

連續幾年的風災欠收，外公外婆似乎真的陷入了貧窮，隔年颱風再度來襲，前兩年只是漏漏水的屋頂，這次真的撐不住了，被強烈的颱風掀翻，兩老硬是這樣苦撐了一夜，隔天母親帶著我們趕忙回家幫忙、除了緊急找人修繕之外、我們也一起清理環境。看到外婆時，本想關心她有沒有受傷，但我看到了她滿臉的羞赧、我不敢再踏步向前，至今我仍然不知道如何面對當時的她。

這樣的生活內容，讓我想起了苦瓜，相較之下苦瓜的苦口真的是苦嗎？就算是苦、或許根本就不值得一提。外婆的生命歷程，開啟了我對人生的思考，而後經歷的種種，更是苦痛中卻又總是帶著一絲甘甜，也許人生就像是一條苦瓜……。

二十二歲～三十八歲的掙扎

思緒回到三十年前，十五歲的我，親眼見證了父執輩在大景氣之下的輝煌，曾經認為自己也可以……。

1999年兵役期間發生921大地震，似乎預告著大景氣的結束，進入社會工作後，接連著911、SARS、雷曼兄弟、金融風暴接踵而來，在大時代之下，只有更加的努力與更深的無奈。

在這二十多年之間，從隻身北上淡水，經歷過多少困難奮力生活，用盡力氣、最終承認自己失敗了、在三十八歲時終於願意放下追逐、潛心作陶，以半生的眼界，創作出了「菊印系列」，是野菊種子隨風飄落、奮力生存的生命歷程，包涵了一心向天、綻放其花、而後平靜地枯萎。而這一切卻是如此矛盾卻又美麗的存在。

於是，千帆過盡之後，

問道：「往後生活應該如何？」
答道：「讓生命優雅地活著。」

外婆最後的遺產

她離開二十多年了，也許，外婆用她最後的十多年歲月去過著孤獨而有牽掛的生活。日常在她那最舒服的半山土房中，作息再也無需遷就任何人、自由自在活著，心裡記得那些心愛的人，不忮不求放著。

到如今，才知道她用一生告訴了我好多好多事，人生總有生老病死、悲歡離合、愛恨貪痴，但走到最終身邊有的，唯有自己一人，去面對人生、面對孤寂、面對自我的圓滿，而這一切卻都不是外物可以達成的。

生命的意義？

人死，五十年後誰記得？

四十六歲那年，在一場茶會上提到改變思維：「生為死之始，死是生之始」，如此看待世事與生命，那些曾經緊握不放的執著，是不是仍舊充滿了意義？

而後，與友人茶敍：「人死，五十年後誰記得？」。大部分人的記憶中，大概只有到祖父母輩，人被遺忘的時間大概就是逝後五十年、差不多兩個世代。

生命是什麼？也許沒有那麼複雜，是體驗、是奮進、是如花綻放、是淡然如槁木死灰，而最終的死亡才是真正夢醒之時。

廬山煙雨浙江潮，未到千般恨未消，
到得還來無別事，廬山煙雨浙江潮。——宋．蘇軾

四、攝影之心、陶人之心

年少時錯失一次進入藝術領域的機會，就像個種子暫時埋在心底，放著，但不曾遺失。

物哀

多少美麗瞬間的綻放與消逝，發自內心的讚嘆與感動，可以是喜亦可以是悲、甚至可以是心靈上的雲淡風輕，這都是「物哀」之心。它摒棄無謂的形式，專注於日常生活的靜宓與樸實味道，舉動之間表現的是低調與內涵，姿態本身應當就是一種美。深植人心的，是那雨過天青、碧綠如織、清透空氣……。

工作後幾年，開始使用單眼相機，也陸續深入使用了各種鏡頭，尤其喜愛定焦鏡的視野框線與細微光影變化，從此攝影成為生活的一部分、也因此去研究了喜愛品牌的歷史，更加理解了工藝產品的堅持與美學設計。同時間，在忙碌工作的空隙中，靜靜地走過了千山萬水、在那茫茫人海來去之中，日復一日地按下快門，似乎漸漸感知攝影也是一種修行。

直至十幾年後的某一天……，在那瞬間快門的聲響裡，終於藉由攝影進入本心所在、理解物哀之意，人們其實並不是因景而攝景，而是因心而寫心，日文中的「写真」一詞，我的想法是：寫下真如之心。

時而如春櫻枝頭，又瞬間秋楓碎葉，
眼看似動如鳴竹，卻其實靜如水月，
這種美學思考，就是生活中時時刻刻，
變動卻也永恆，一種最深的內在。

CONTAX
167MT

承認、放下、作陶人

我想，一個進步的社會，可以接受人們去做一些無關緊要的事。

2014 的那一年六月，承認自己對世俗所謂「成功」已無力達成、告訴自己此生與富貴無緣，開始了學習作陶的工藝。一年後的六月，我有了些成品，同時也遇到了瓶頸；在追尋陶器之美那虛無飄渺的路上，一年前的我，在轆轤的運轉中，得到了專注與平靜，一年後的我，在如夢幻泡影中，那美總是就在眼前若即若離、飄忽不定。

是的，我已經有幾個月不再夢見那座漆黑的大山了，我承認並接受了自己的無能、放下那遙不可及的功名、只想當一個簡單的作陶人。雖然收入僅足以糊口，但每天早上醒來，我感覺好像回到了十二歲那年，不再違背自己真正的心意、開始為自己而活、踏在自己的道路上，同時也回到十八歲那年隱約體會的感觸，平凡其實才是幸福。

心理有了這些認識與實踐之後，頓時看待世事的態度完全改變了，過往糾結的那些憤憤不平之事，現在已是不值一提、曾經那些人的嫌隙怨恨，如今只是一笑置之，心中一切的景象有如登高而望遠、感受著拂面而來的清風。至此，生活才真正得到了自由，不必遷就他人、不需勉強自己，讓自己活得像是一個人。

我想，這就是「也無風雨也無晴」的寫照吧。

習陶之悟

這期間，和幾位初學伙伴成立了工作室，看著幾位同伴、來自不同的背景，自然地形成了風格迥異的作品，這樣的覺察，更明白這條追尋路上，最終總是得自己走下去，也提醒自己保持著平常心、平靜的走著走著就好，人生有幾時，可以真心不為了什麼而去作一件什麼呢！

但在兩年的同行之後，我愈感空虛……，於是我離開了，再次獨自一人、閉門自學，一邊不斷熟練作陶工法、一邊思考著創作的方向。

創作應當是根基於對環境（自然、人造、美醜、新舊……等）的觀察與生活（人生、工作、現象、意義……等）的思考，經過長期深刻的邏輯分析、理性歸納、並且揉合了感性的自我內涵，而向外「形象化」的過程與作品。

陶瓷工藝的創作範圍大致涵蓋「體、相、用」三個面向，「體」自然是陶瓷材料、

「用」則是陶瓷器在各種應用領域上的機能要求，而「相」便是在「藝」層次上的創造。陶人不同的性格與成長養成，由土成陶的過程，有著不同的學習方法、不同的成形技術與不同的造型嘗試，最終形成了實體化的陶瓷物，但其中個人所展現的、不同的審美觀念，絕對才是「相」的核心，也是人在追求「物」、「智」之後，回歸「靈性」的自我實現。

學習皆始於模仿，如技術訓練、畫冊閱覽、實物上手……等，但經過不斷深入思考之後，最終會發現眼睛所見並不真實，表相不是全部，必定另有更細微、更深層的秘密。我想，閱讀可能是解開這包藏秘密之盒的鑰匙，尤其是純粹文字的書籍，藉由文字去感受前人的心理狀態、去想像作品的深層美感。文字是個神奇的傳遞工具，抽象之中訴說著具象、理性之內包含了感性，閱讀讓人思考具有邏輯、感知更加敏銳，如此聚集而成的創作意涵是經由內化而後外放，最終實現於自我的作品之中，展現出內心真實的想望與景象、進而走出獨屬於個人的風格與脈絡。

設計的想法

因為心境上的轉變，看待世事的角度也不同，直覺上便摒除了過往工作上追求極致、求勝求強的想法，反而是不需要有曠世巨作，只要好一點就足夠。

年輕的自己，總以為自命不凡，事實證明只是以孔窺天，默默離開曾經的舞台之後，重新給自己安在了一個芸芸眾生的位子，才發現自己其實連接個電燈線路都不行，更奢求什麼曠世傑作呢？於是在作陶的路上，只求作品在承載自己的心意之餘，能在功能上、美感上、內涵上有好一點的表現即可，認知到了適可而止的態度，其實並不是隨便、反而很多時候似乎剛好落在過猶不及的臨界點上。

陶人之心

沒有任何事是簡單可得的，近乎全毀的一窯。作陶便是不斷接受失敗並與之成長的修練……。

作陶，工序繁雜而又環環緊扣，

選土、配土、養土、揉土，

積累、內化、脈絡、成形，

土坯、乾燥、素燒、冷卻，

選料、配釉、試釉、精進，

素坯、清理、上釉、燒成。

每個程序都是陶人心中無數念想，而最終窯門開啟瞬間，映入眼簾的，其實不是任何物質上的物件，更多的是一種精神修行。

盛夏的八月陸續完成土坯，先經 800° C 素燒後，花了兩天時間上釉並排疊入窯，上釉入窯是個需要極高專注力的程序，一切動作環環相扣且小心翼翼，深怕一閃神便傷了釉面。

八月二十八日開始柴燒，一直持續到隔日二十九日，看顧著窯火起伏，這兩天特別酷熱，氣溫達到 36° C 以上，酷暑與窯溫重重逼人，相當難耐。

所幸，經過了三十個小時的奮力堅持之後，勾出試環，其釉色、落灰皆美，短暫振奮了精神、完成了封窯的程序之後，幾乎耗盡了體力。沒有任何事是簡單可得的，但只要是與心靈契合，便會覺得自己走在充滿荊棘、卻也風光明媚的路途上。

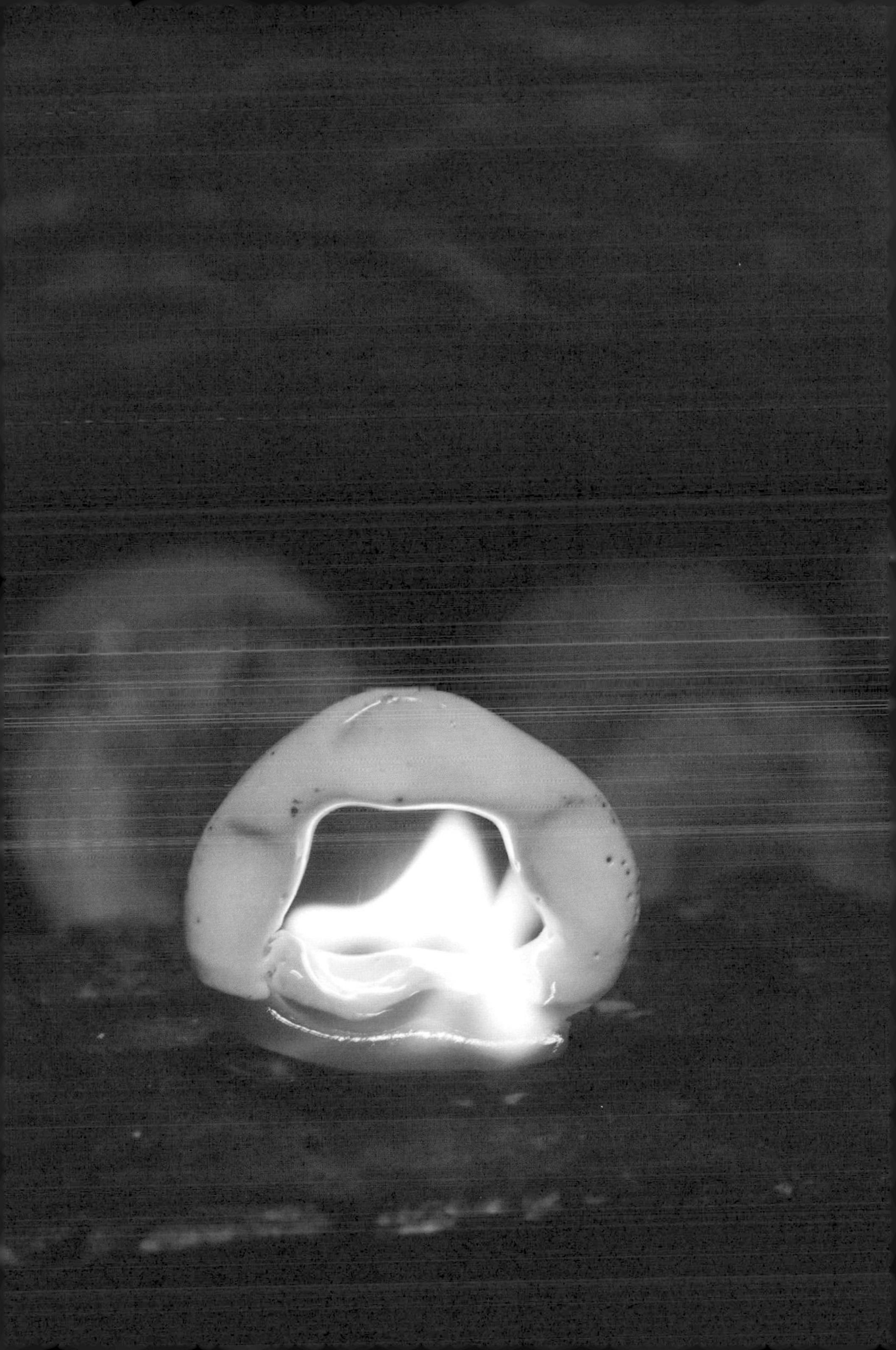

作陶人的初心、道心

清晨帶著土坯與小女，前往窯場素燒與整理薪柴，堆疊坯體同時看顧著一旁玩耍的妹妹，心中卻想起了三十多年前，竹崎鄉下生活的一景一物。

想著三十八歲習陶之初，人生追求目標之中，便已放下「富貴」二字，轉身追尋曾被深藏卻又日漸顯現、明朗的初心，那是一幅幅畫面：是幼年時，土屋老舊牆縫中，綻放而飛翔的蒲公英；是曾經一度滿山竹穗綻放、遍地竹葉如織。而這一幕幕，既是初心、也是道心……。

志野燒　美的追尋

捨棄複雜的配方與成份，追求純粹的長石志野，直指最初的相見。

二十六歲，第一次前往日本京都，在清水寺附近，一眼望見一只絕美釉色茶碗——志野燒，便深深烙印於心底，那是一種讓人深入其中的美感世界、但絕不是因為它的華麗，而是來自它直指內心的「純粹」。

不同於其他釉方是以加入各種金屬氧化物來達成釉彩的發色，白色的志野釉主要成份為高比率的長石礦物粉末、甚至是全長石單味釉方，藉由窯燒高溫時的黏稠性、與陶土共變而產生如粉脂、如年糕、如蟲蛀、如火炙以及漸漸地開片紋……等，多樣的特色、種種的表現，都給人清雅卻又枯朽的深層美感。

而如今，三十八歲，得以親手選土、塑形、配釉、燒成而得作品，其間多少釉方的嚐試，用遍了斧戶、霞正、平津、南非、澳洲、印度……等等多種長石，還是嘗試配比偏向鈉長石或鉀長石的成份調整；燒成溫度的曲線、多少的還原強度、持溫的拿捏、窯況的變化……，日復一日的燒窯、出窯，終於就在這樣一個草木低伏的酷夏午後，就在這純粹長石的志野釉中，看見了始終形影不離卻又從不話語的真我。

回想初試志野釉時，配製了二百多個釉方，並手拉小杯以作為試片，而非片狀的試釉片，因為杯狀體對於釉的流動、與窯內各面向的氣氛，能有較充分的表現，試燒多次後，挑取其中數個配方，再經多次改良，捨去有疑慮的成分，以純礦石、土、鐵、灰為主，最終燒試出一個基礎長石釉方，以作為基本配方。而後再思考發展出：白、橘、碧、藏，各色系志野，我將之分別命名為：雨潤志野、炎志野、秘色志野與冬藏鐵釉。

然而，陶物的製作並不只是釉，還需要土的配合，傳統日本志野燒搭配艾土或志野土，這類陶土潔白、質輕、富溫度感，經過窯火與釉藥的燒煉，可使志野產生如肌膚般的潔白與潤澤，並讓土色帶著微妙炙色，使用在日本茶道操作、即點即飲的方式上，完美無瑕。然而，卻不適合用於台灣的飲茶方式 - 將茶湯久置於茶碗，因為這類的白陶土會輕微的滲水。

之後，又花了很長一段時間，測試了眾多產地的各種白色陶土，卻又發生了更多的問題，除了滲水之外，土色與釉色的搭配、收縮比的調整、釉面開片的形態⋯等等，都讓人感到目標愈走愈遠⋯⋯。

炎志野：

黃橘色系志野，是以燒成時控制還原焰的強度，在釉方高溫熔融同時，拉出陶土中的少量鐵成份，而形成黃至橘紅不一的多變釉色，因經火焰與陶作共舞而生，也是堅持基本長石配方的成果，故以名字中「炎」字為作品命名。

秘色志野：

秘者碧也，古陶瓷中青碧色。早年即對這種內斂釉色心有嚮往，於是在志野釉基本穩定之後，再加入台灣相思木灰微調，輔以柴燒控制還原程度，形成碧綠、銀灰或點點粉紫。

冬藏鐵釉：

在原本的白色志野釉中，加入些許的鐵質、配合不同的陶土、控制柴燒的氣氛燒成，其釉面褐黑而內斂，高雅、寂靜，好似人們秋收冬藏，在萬物俱寂的隆冬之際，滋養著人心，一種知足平靜的生活與心境。

如汝 極致的追尋

志野本來已經是極為單純的釉方了，便是簡單的長石為主與其他兩三種天然成分，以調整其熔融溫度或釉感。但我想要追求更簡單的配方、就如同追求心靈上的更加純粹。於是我只留下了長石與木灰兩種成分、幾年的日子下來，試用了各種不同產地的長石，而木灰也試過了各種目數的過篩、篩過之後測試不同程度的水洗，兩種原料再去調配成各種不同比例的混合，不斷不斷地入窯試燒，測試火焰氧化還原的程度，終於測試出一個具有可再現性而又符合心境的釉方，其釉色如碧、青中帶著微藍，其釉質如膚、開片綿細而絹秀，又有幾分相似汝瓷，故名之為「如汝」。

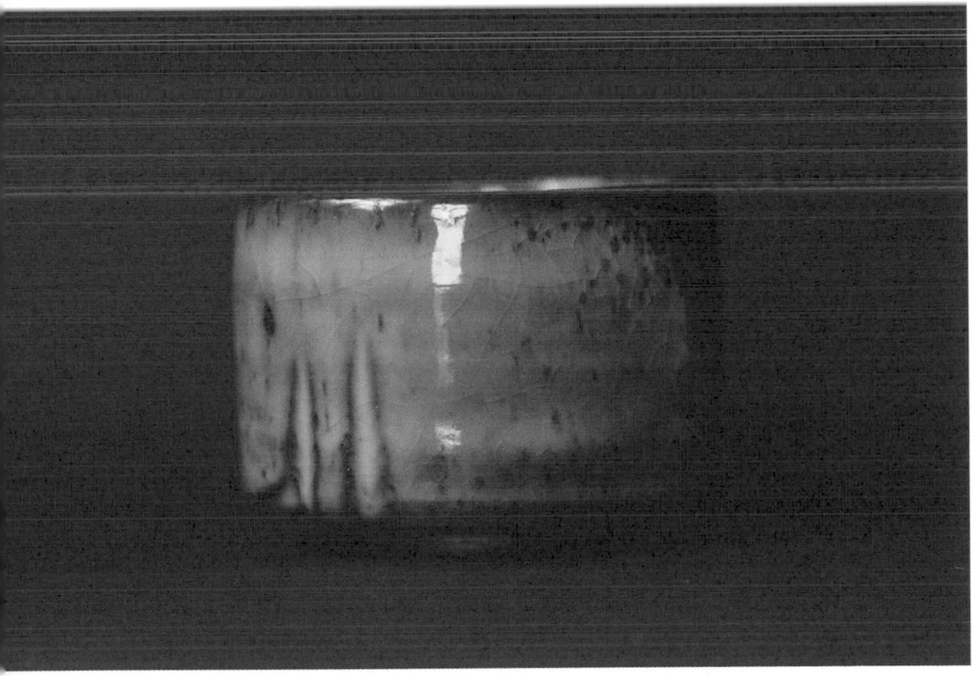

沒有好壞，創作方向與工具的選擇

常有朋友聊起：「柴燒比較好嗎？」

我的回答是：「沒有，這只是一種選擇。」

這個問題讓我想起傳統常用單眼相機中最普遍為 135 片幅底片（36x24mm），但 2000 年數位單眼上市，因技術、成本考量而採用 APS-C 規格（約 25x16mm），也開啟了之後十年的片幅之爭，更不用說還有更大的片幅。

燒製陶瓷，古代大型柴窯凋零，現代有了氣窯、電窯、兩用電窯、甚至是微波窯，十幾年前台灣改良柴窯興起之後，也同樣有了燒法之爭的類似現象。

我想，在攝影或陶瓷這兩個領域的創作上，相機的片幅與窯爐的種類當然會有差異，但應當深入思考的是自己作品的取向與性質，適宜使用何種工具以達成自己內心的追求。

所以，在攝影上我選擇135片幅相機、主要搭配老蔡司手動鏡頭，因為我喜歡其尚可承擔的體積重量、綿密的色彩表現、滑順的景深過渡，還有手動對焦的時間心流，在物與意的結合境界裡，寫下深層的景象。

在陶作上，我選擇了較小型柴窯、搭配上釉燒成，因為我喜愛志野釉與鐵釉夾雜落灰的幽遠表現、窯體小則是符合自己作品量體、可以全程獨自作業、完全控制窯內的氣氛與釉藥的溫度曲線，火與意結合燒出內心的想像。

任何的選擇，沒有好壞，
但應當有其理由與理解。

生如夏花

一個陶人，一年可以燒幾窯、餘生又有多少年，其實是一道簡單的數學題目。唯有如夏花一般，用盡全力輝煌自身、燦爛生命，而後可以淡然的接受一切……。

喜歡在花市買一些植栽，簡單地種在門前的花圃，其中一顆朱槿，幾乎一整年都會開出碩大而美麗的花朵，通常會在清晨時分沾染著珠露而綻放出橘紅黃相間的耀眼色彩，但僅只於一個白天、傍晚開始枯萎、隔日便回歸泥土。朱槿花即使只有短暫的時間，依舊勇往直前、全力表現出最美好的片刻，若以放大尺度來看，在日月之間、宇宙之中的人們，一生不也像朱槿那般如白駒過隙。其實，並沒有什麼來日方長；其實，過去與未來皆不可得。唯有抓住現下時光的尾巴，當下努力、努力當下，向著內心真正想去的地方前進、如朱槿之花。

努力的天份

學習釉藥學之時，看了五、六本大概民國六十年代出版的藍皮教科書，提到了各種礦石成分，如高嶺土、長石、石英、白雲石、滑石、球土⋯等，還有金屬化合物如碳酸鈣、碳酸鎂、氧化鐵、氧化錫、氧化鈦⋯等等很多的材料，以及各種原料配合之後再以莫耳數計算出各個成份，加以分類之後的比值，這便是「塞格式」。計算的過程雖然數字繁雜，但原理其實並不困難，而依據塞格式所得到的配方，燒成的結果確實也與前人經驗相當，不過似乎也就少了一些風格。

於是在了解配釉方法與流程之後，更試圖向著極限測試，除了持續配方的大量測試之外，另外更研究燒成的各個細節，如電窯、瓦斯窯、傳統大柴窯、小型柴窯⋯⋯等等，過程中耗廢了大量的材料、時間、設備以及心力，就只為了求得心中想像的樣子。除此之外，還有陶土配土、器物成型方面的追尋與苦思，以求做出蘊涵自我思想與風格脈絡的件件陶器。我想，這所有的一切過程與細節，就是陶人最大的天份：努力的天份吧！

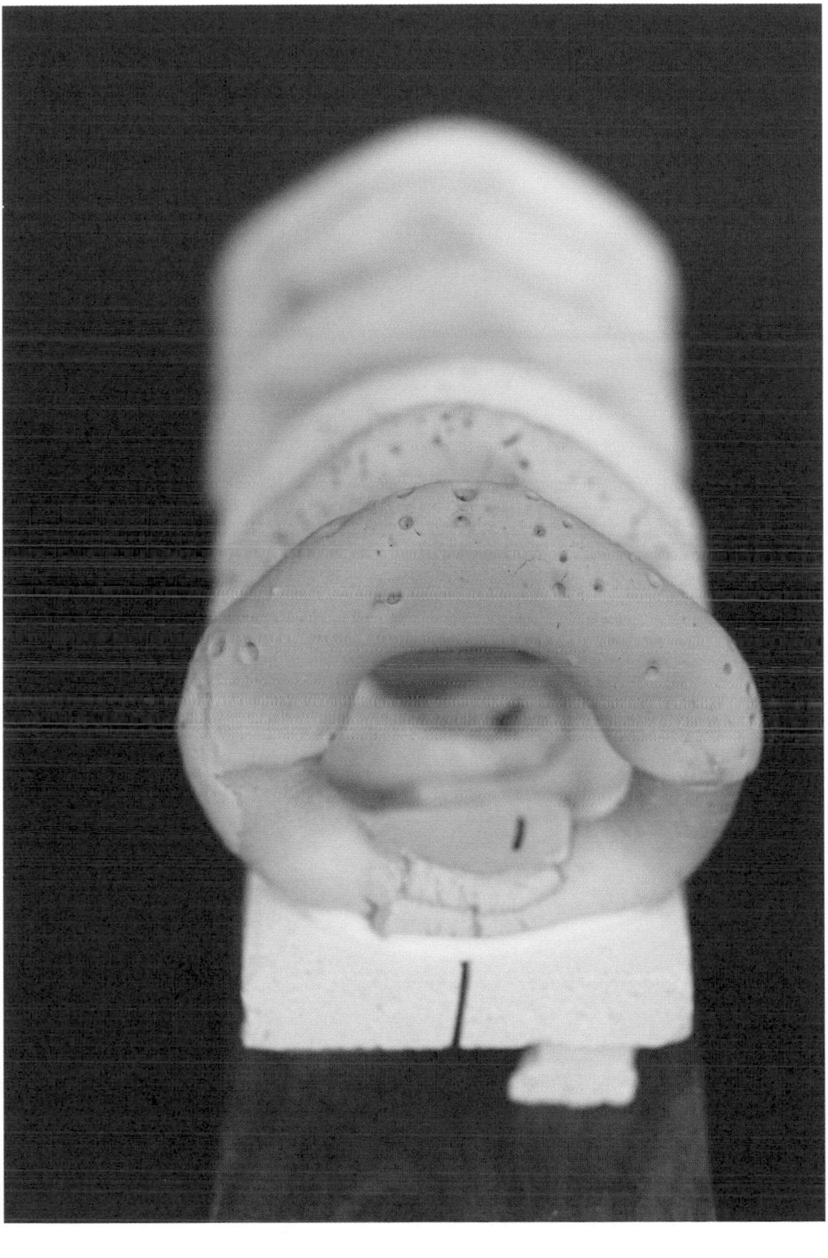

菊印茶碗

發想於2015年，源於人生的際遇與體悟。三十八歲後潛心作陶，並以半生的眼界、曾經的天涯、汲汲後的淡然，發想出兼具觀賞性與功能性的「菊印」碗形。

時間脈絡先後超過六年，圈足以竹刀切削如瓣，碗身以面取技法使整體意象似菊花初綻、掛以志野、經1280°C柴燒，釉彩依著形塑線條流動、局部縮釉而又覆以落灰、同時表現著內心一直以來想要表達的「生命力度」與「未竟之美」。這般如菊花綻放而後靜靜地凋敝，就如同前半生的自己，努力向天奔去、燃燒生命之火、然後接受失敗、淡然地離開。我想，我決心離開時，是帶著微笑的。

在六年的歲月裡，心裡不停琢磨著它，同時也不斷閱覽累蘊，並尋找合適的陶土、配土、礦石、試釉、燒法……，追著念想的那片風景、不至不休。終於看著眼前親手完成的作品，是經歷了什麼樣的人事物、多麼長久的歲月錘煉，而能與觀者有著共嗚……。

即使，只是陶土上的一處刻痕，便是內在深深感觸的表達，絕不只是一抹裝飾；而創作的過程，是承受了多少的內心掙扎、是經歷了多少的製作毀棄，一路孤獨走來是不斷地反覆輪迴，如同行走在深不見底的幽暗長路，這樣而後得到的微薄果實，是結果於自我生命的人生樹上。

形賦茶碗

人生可以是一段漫長歲月中的人、事、物，如一條條細長的絲線，在各樣的時空中出現，然後又轟然或靜默地離開，於是經歷過的種種，終而「交織於形、賦美於物」，同時也代表淡然接受了人生中那解不開的結、跨不過的山。

以厚胚、厚釉、造型圓中手感變化、復以釉色落灰共熔，經窯火淬煉而後「交織於形、賦美於物」，故以「形賦」為名。造型上於杯、碗圈足外劃圓纏繞、碗腰上刻畫著兩道劍山矗立，那是映射著每個不同旅程中的種種，也許是跨不過的山、也或許是解不開的結，更也許是孤峰嶺上的清涼，而這一切最終都在生命之中交織而賦美。

於是，藉由見「形」之感、而後經日「用」之變，終而在未竟生命之中細細訴說著「恆常」之美。這，正是難以言說的、過去、當下、未來的美學意識……。

其後不斷的演進、外型稍有漸變、但不變的仍是「圓與山」的刻畫，這不但是我的故事、更也是觀看者的故事，我相信，即使再平凡的人生，心裡頭一定也有著一段段故事……。

掬盞

掬起了天光，照見真我本心。

起始是源於天目盞型的練習，一種源自唐宋點茶方式的經典茶碗，後略為改變成簡雅的曲線、以符合雙手掬捧之態。碗身挺立、碗口寬大而微斂，使其注入茶湯之後、更顯茶氣氤氳中映照著天光。這樣的茶色光影，也許正代表著生活中片刻的寧靜與美好，看著碗裡倒映的日月星辰，過往雲煙也真的就是過往雲煙了，掬起而後淡然的放下。

菊印是過去三十八歲前的自己、形賦是四十歲時明白的時刻、而掬盞則是期許未來生活的樣子吧！

志野・迷樣、迷人的由來

志野，對我而言，是二十年前於京都的邂逅、是既單純卻多樣的釉色、更是內心純粹的表現、意味幽遠的細語……。多年來對志野的相關文獻、記錄、見聞、研究，整理寫下。

一、志野燒起源於桃山時代美濃地區，可能為十六世紀日本陶人為了要仿製唐津（中國）白色陶瓷的產物，以含鐵量極低的白色陶土（艾土、百草土）、掛以白色長石釉燒成、並於薄釉處間陳著赤紅火色。在十六世紀末，是日本唯一的白長石釉。

二、在天王寺屋「津田宗達茶會記」中，弘治3年9月18日（1557）記載，當時美濃領主齊藤氏可能曾將新燒製之白天目贈與武野紹鷗。

三、室町未期，天文22年~天正14年（1553~1586），「津田宗及茶湯日記」與「今井宗久茶湯日記」中記載，被稱為志野茶碗的天下只有二、三件，即為武野紹鷗

(1502~55）持有的白天目，後傳給今井宗久。

四、「堺鑑」貞享元年（1684）記錄「志野茶碗為風雅名匠志野宗波所擁有之唐物茶碗」。

五、志野的起源地也不明，大約在美濃、東美濃、尾張三地之中，早期一般認為在尾張瀨戶。天明五年（1785）「志野燒由來書」中記載，文明大永年中（1469~1528）、志野宗心命加藤宗右衛門春永於古瀨戶窯燒製茶器，位於美濃的可兒、土歧二郡。可能當時瀨戶為陶業大本營，所以美濃陶也都被以瀨戶陶稱呼，也可能桃山時代並不會特意區分是瀨戶或是美濃生產。美濃燒位在日本中部庄内川流域，是日本陶瓷原料主要產地，先後發展出黃瀨戶、瀨戶黑、志野、織部。到了昭和五年（1930）、荒川豐藏終於在美濃古窯址發現志野陶片。

六、江戶中期享保十一年（1726）「槐記」中記錄數件「志野」茶碗等茶道具。

七、『茶道傳授卷』中記載「天目有四段，其中三段為漢，一段為和，和稱為志野天目」。『垣間見双子』記載「志野天目有黑色釉藥垂下之趣、毛狀條紋，稱為和天目」。

八、在『茶碗茶入目利書』中記錄「織部有四種：志野、鳴海、瀨戶、繪之手，總體來說，土胎厚、多為櫃形、上有圖、圖可見土，有志野土、黑土，藥為白藥，有薄柿色」。

九、『鑑定秘書』中記載「茶碗近來有種真織部，是近年的名稱，大阪宗真的茶入上畫有矮竹，而稱為篠燒。」、『名器錄』「大阪城宗真將喜愛的織部、黑織部稱名為志野」。故「志野」一名在城宗真命名之時，是用「篠」或「シノ」（兩者讀音皆為 shino）為名，可能因此逐漸被寫成同音的「志野」。

十、日本人間國寶、志野燒名家 加藤唐九郎也曾在 1970 年代提出：「志野可能是早期的織部」，因為他曾經見過許多收藏家世代傳承的志野陶物其桐木盒上寫著「織部」。

由以上駁雜的文獻不難發現，志野的由來、甚至是釉種，都不完全確定，從最原始的猜測可能是唐物青白瓷、或是兔毫天目、白天目之說、到織部釉之其一，至今沒有定論。而「志野」之名的起源，也是有著志野宗波所持有而來，而後可能誤傳為志野宗信所訂製的茶道具，最後則是目前最可信的誠宗真之說。

但對我來說，即便志野的由來成謎、甚至永遠無法確認，也不管志野的產生是歷史的偶然或必然，「志野」這個名字，本身便充滿了浪漫與想像……。

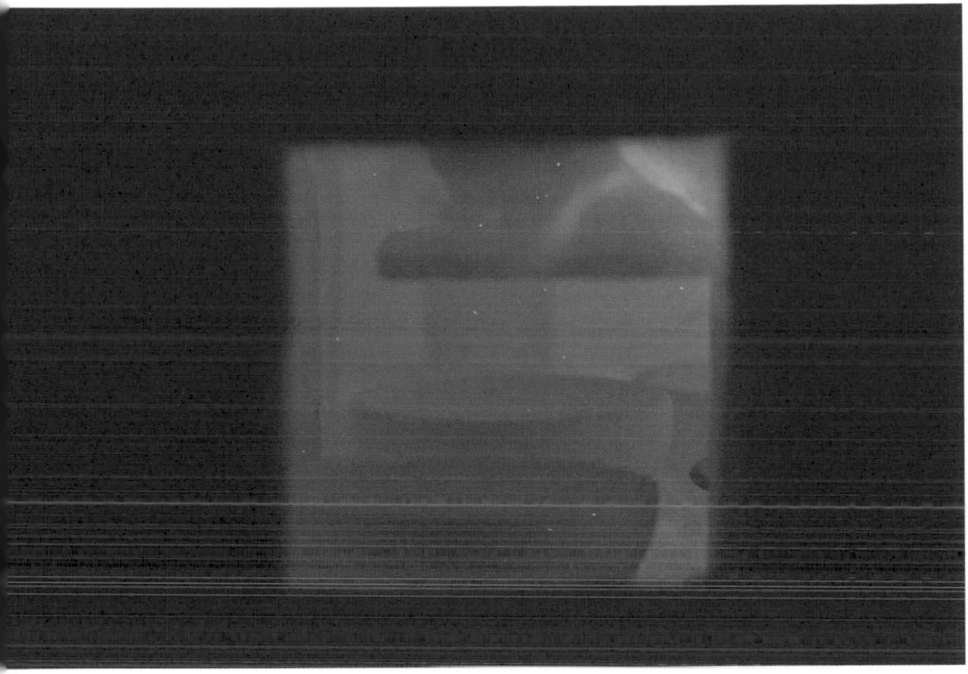

五、美學觀的成形

失敗的當下是一種淒涼，但也許若干年後是人心記憶中的淒美。

未竟之美

三十多年前國小畢業，曾獲得保送進入公立美術班的資格，但因故而未能就讀，這一直是人生中的一道遺憾。後因追尋內心深處所嚮往那種難以言喻的清寂之美，改而投入了光學的世界，去尋找想像中的鏡頭、然後一一親身使用與感受每個鏡頭的韻味，才發現光學上的缺陷、在適當的景像中反而表現出刻畫般的美感，原來缺點只是觀察角度的不同而已。

往後二十個年頭裡，相機的觀景窗是我暫時躲避壓力的祕室，於是精神界線不斷在現實與祕室之間切換，因循著攝影的漫漫長路，走到身心終於無法負荷之時、峰迴路轉地進入了燒陶之境，往後的幾年，在反覆無常的釉相與窯火之中，在多少次的司火與想像時空裡、在期待出窯後作品最終的成敗與去留間，理解到凡事沒有完美，唯有接受、別無他法。

走過了漫長的半生歲月、經歷了種種的酸甜苦痛、思考了層層的無解問題，終於真正的明白，其實，未竟在人心之中即是究竟。未竟之美才是無盡之美，無時不刻在生滅之中遞嬗，也就是每個當下所生所處的樣貌……。

最初的心意、如實亦如真

在綿綿不斷的當下，人、事、物終究會成為過往雲煙，唯一可以無盡流傳的，只有如實如真、唯香如故的片刻身影，當眼界不再唯物，而是以心寫心，正是工藝與哲學的歸途。

長期接觸攝影，慢慢使用各種器材之後，才發現在這個快速消費的時代，相機與鏡頭真的已經完全是個「商品」了，充滿了塑料結構、一切都是工廠裡的標準化零件，拍攝出來的照片也是那麼地「標準化」，雖然完全符合其產品價格，但卻也失去了這台相機、鏡頭那過去的、未來的故事。

於是，我喜愛那些1980、甚至是1950年代的手動老鏡頭，在那個全金屬、全玻璃、甚至是全手工打磨的時代裡製造出來的產品，拿在手裡時，沉沉的重手感、綿滑的對焦環、輕跳的光圈檔位、還有從老玻璃鏡片中穿透而來的通透影像，讓人不禁想像起那光學設計師的手稿、職人打磨鏡片的雙手、還有當下映照在觀景窗裡的光影變換，似乎在那轉瞬之間，精神與器物達成了一致，心靈不再唯物、工藝與哲學殊途而同歸。

這樣時時刻刻的生活感受，讓視野中多了條浪漫的框線，細細觀察，其實處處皆有美、但卻也同時存在著殘缺，世事總是如此般地並陳而行，唯有學會了接受人生種種的善與不善，才是完整了自身的生命、自在的人生觀。

於是，將所見所感揉入了陶器作品之中，視覺上表現著隻身北上生活、如野菊綻放般的生命力度；精神上藉著陶土與窯火的淬煉，使未竟究竟終而交織於形、賦美於物；心境上接受了人生的不完美、學習了放慢與放下，終而能寂靜地掬起一盞茶，看著氤氳茶氣，在澄澈中倒映著窗外的天光景色。至此，啜入舌尖的，是千百年前人們的悲歡離合、是浮光掠影自己的人生滋味，更希望是每個你的一段段故事……。

PENTAX
AL Limited

美感意識

總能約略窺見那隱晦的美，是瞬息綻放的櫻花、亦或是似有若無的梅花香氣，這一刻也正是現代生活中難得的相遇時刻：與美的相遇。

剛剛一陣夏雨，我聞到了大地的氣味。不禁停下腳步貪婪地多吸了幾口。美，不一定是物之美，可以是空間中的氛圍、可以是一陣微風的膚觸、或者是想像中的無味之香、甚至是時光之河的流逝……。太多太多的時時刻刻，我們執著於物的追求、忙碌於一件件的工作，卻漸漸閉鎖了美的意識，或許迫於無奈只能不斷在擁擠的地方前進，但清晨路途上的弦月、近晚街頭旁的華燈初上、大雨滂沱中的傘影錯動，注視之下，何嘗不也是蘊涵了各樣不同味道與美感呢。

終回當時相見處

讓生命優雅的活著，不再為無名的心火奔忙，放下世俗的過份追求，終於可以說出我不要、不想做的事。美是什麼？我想，是精神自由之下的理性感性協調運行，從而得到靈性的滿足與提升。

兵役退伍之後，轉瞬間已是二十多年的歲月，才終於知道暫時地放下，真正看見已然成長的自我，也才學會了不對不起別人、也同時不要勉強了自己，是一個蛻去了稚氣、更有內涵、更有自信的自己。也似乎理解了「四十不惑，五十知天命」的人生進程，原來自身的秉性本就早已俱足、早已知曉，但人呀，卻仍還是得要走到了三十八歲，才願意誠實地面對它、才足夠勇敢地去追求它。

色彩依舊如昔，是幼時記憶的朝露新綠，

風雅更甚當年，是人們迷戀的春櫻秋葉……。

三十年後的一期一會

曾經高中兩年的交會，各奔東西的三十年後，時光如同薄衣，在我們不變的青春回憶外，裹上年歲的痕跡。

四十七歲的這個農曆年節期間，回到了嘉義，早前因爲社群軟體，讓各奔西東的高中同學又聯絡上了，大伙兒約在嘉義市新區的咖啡館前聚會，開車來到這裡，市區的街景已經完全不同了，過往的田園綠地早已不復存在，全是嶄新的陌生建築與道路。但是一下車看到同學們坐在戶外咖啡座，大家還是以前那個樣子呀！三十年不見了、一見面就是笑談著每個人以前最精彩的故事……。

年輕的歲月，一幕幕地浮現，精神時間真是玄妙，過往與當下似乎如麻花交織而共存。同學們聊著這些年來的種種，也不愧是嘉義高中的畢業生，老同學們似乎都混得蠻好，而生命走過了這麼多的風雨與風景之後，心中早已沒有了攀比、沒有了羨妒，看到大家都好，只有滿滿的欣喜與祝福。

寂然的人生美感

寂不是孤寂，而是一種看盡山水人情後的平靜；
默不是無語，而是一種燃燒生命歲月後的平淡。

世事難有完美，唯有經歷了時間的無聲細潤、感受到生命的慢慢累蘊、走過了生活的滄滄長路、推敲了人以為何的苦思追尋……，才終於能夠漸漸的足以「智明」。去重新採用完全不同的觀點角度，看待自身與環境所發生的種種事物、並以兼具美學靈性的生活姿態，看待自己的生命。那是一種「凡事盡力為之，然後淡然接受結果」的人生觀，更也是一種平靜、一份餘裕、一處風雅，讓活著像一個人的勇氣。

於是，一舉步、一言談，自然也是一種「美」，它其實源自人的內心深處，只要一點點精神的自由與感知的察覺，生活之美其實不遠。

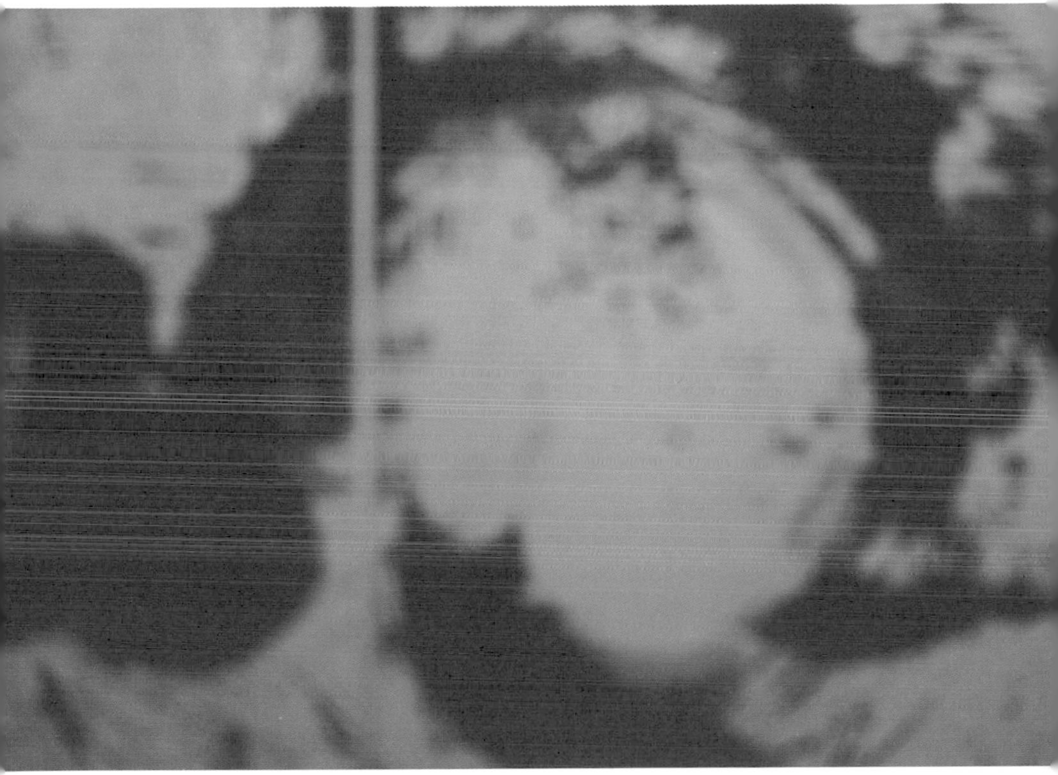

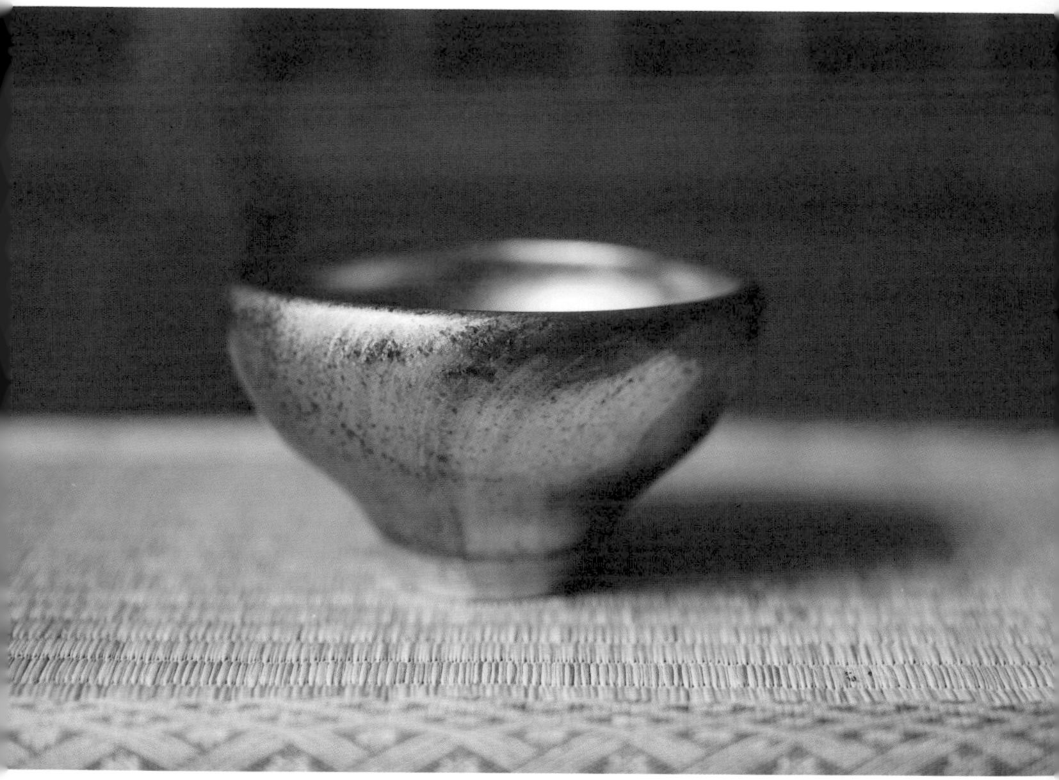

國家圖書館出版品預行編目(CIP)資料

未竟之美/林炎霖作. -- 初版. -- [新北市]：
林炎霖 ; 臺北市 : 野獸藝術有限公司,
2024.06
面； 公分
ISBN 978-626-01-2826-5(平裝)

863.55 113007496

未竟之美　寂然的人生美感

作　　者　林炎霖
發 行 人　陳裕仁
主　　編　周廷諭
行銷公關　陳緯軒
設計排版　王群華
出 版 人　林炎霖

發　　行　野獸藝術有限公司 Wild Art Ltd
電　　話　(02) 8972 2355
地　　址　114 台北市內湖區民權東路六段 123 巷 24 號

2024、06 出版一刷　ISBN 978-626-01-2826-5(平裝)　定價 NT 350 元